AF450771

ACADÉMIE DES BEAUX-ARTS

SÉANCE PUBLIQUE ANNUELLE

DU SAMEDI 20 OCTOBRE 1888

PRÉSIDÉE PAR M. BONNAT

PARIS

TYPOGRAPHIE DE FIRMIN-DIDOT ET CIE

IMPRIMEURS DE L'INSTITUT DE FRANCE, RUE JACOB, 56

M DCCC LXXXVIII

VELLÉDA

SCÈNE LYRIQUE

PAR M. FERNAND BEISSIER

Elle chantait en luttant contre la tempête et semblait
se jouer dans les vents.

CHATEAUBRIAND, *les Martyrs*, livre IX.

PERSONNAGES.

SÉGENAX, chef des Gaulois.
EUDORE, chef des Romains.
VELLÉDA, fille de Ségenax et prêtresse des Gaules.

La scène se passe à l'île de Sayne dans l'Armorique, à l'époque de la domination romaine
dans les Gaules.

Une forêt au bord d'un lac.

SCÈNE PREMIÈRE.

EUDORE, seul.

« A l'heure où les grands bois dormiront, couverts d'ombre.
M'a-t-elle dit. demain, au bord du lac sacré.
   A la faveur de la nuit sombre,
Une dernière fois viens encor : j'y serai... »

Voici l'heure bientôt... Les étoiles naissantes
   Allument leurs feux incertains ;
Les cieux sont plus voilés ; les bruits sont plus lointains.
   Et sous les brises caressantes
De la nuit, tout s'endort...
      O Velléda, pourquoi
   Cédé-je encore à ta prière ?
Religion, patrie, ô prêtresse, ô guerrière,
   Tout nous sépare... Malgré moi
Pourquoi mon lâche cœur m'entraine-t-il vers toi ?

   C'est ta beauté fière et touchante
   Qui m'éblouit et qui m'enchante
Comme un clair rayon de l'azur ;
C'est ta voix. ton regard encore
Où la plus virginale aurore
A mis son reflet le plus pur ;
C'est ta majesté souveraine
Quand tu passes. comme une reine,
La faucille d'or à la main,
Souriant de tes lèvres roses,
Qui font pâlir l'éclat des roses,
Que l'on sème sur ton chemin.

      (*Bruit d'orage.*)

   Mais qu'entends-je ?... La foudre gronde,
   L'éclair brille... un vent furieux
   Ébranle la forêt profonde,
Et le lac irrité fait jaillir jusqu'aux cieux
   L'écume de son onde...
Une barque. là-bas, semble se détacher
Du rivage... Grand Dieu ! C'est Velléda ! C'est elle !...
Est-ce la mort, ô ciel ! qu'elle ose ainsi chercher ?...

LA VOIX DE VELLÉDA, sur le lac

I.

Je suis la Fée aux ailes d'or.
Le front couronné de verveine.
Je vais voltigeant sur la plaine ;
Sur les flots bleus je prends l'essor.
La terre immense est mon domaine.
Je suis la Fée aux ailes d'or !

EUDORE, la regardant venir

Elle dirige, en chantant, sa nacelle,
Et le flot qui vient s'y briser,
A sa voix semble s'apaiser.

VELLÉDA.

II.

Je suis la Vierge des autels.
Debout sur la sainte colline,
Je dicte au peuple qui s'incline
L'arrêt des destins éternels !
L'esprit céleste m'illumine ;
Je suis la Vierge des autels.

(La barque touche à la rive. Velléda s'élance à terre.)

SCÈNE II.

EUDORE, VELLÉDA.

EUDORE, s'avançant.

Velléda ?...

VELLÉDA, courant à lui.

C'est sa voix... Tout mon cœur est en fête !...
Ah ! tu t'es souvenu... Merci.

EUDORE.

Coupable enfant, pourquoi braver ainsi
Le ciel déchaînant la tempête ?

VELLÉDA.

Les tempêtes du ciel ne me font point trembler.
J'ai, pour les conjurer,
Des accents dont toujours j'éprouvai la puissance.
Ce que je crains, hélas ! c'est ton indifférence
Et ta haine...

EUDORE.

Ma haine, ô Velléda, pourquoi ?...
Si je te haïssais, serais-je près de toi ?

VELLÉDA.

C'est vrai, ton cœur n'a point de haine et de colère,
Et j'aurais dû m'en souvenir.
Tu pardonnas à mon père,
Tu n'as pas voulu punir.

Il avait contre toi soulevé notre race ;
Tu parus avec tes soldats,
Et quand tu fus vainqueur, aux vaincus tu fis grâce ;
Et je t'aimai... Mais, toi, toi, tu ne m'aimes pas !

EUDORE.

Mon devoir me commande une rigueur fatale.
Mon pays, tu le hais !... Mon Dieu n'est pas le tien :
Tu naquis Gauloise et Vestale ;
Je suis fils de Rome et Chrétien.

VELLÉDA.

Ah ! prends pitié, je t'en conjure,
De ce cœur brisé sans retour,
A mes vœux fidèle ou parjure,
Je mourrai de honte ou d'amour !
(Elle pleure.)

EUDORE.

O Velléda, je t'en conjure,
Renonce à ton fatal amour.
Pour n'être point traître et parjure,
Je dois te quitter sans retour.

Ensemble.

EUDORE.

Velléda, cache-moi tes larmes,
Mon cœur se brise, hélas ! contre de telles armes !

VELLÉDA.

Va, va sur d'autres bords chercher d'autres amours,
Et que mon destin s'accomplisse !...
Adieu pour jamais !...

EUDORE.

O supplice !
(L'arrêtant au moment où elle s'échappe.)
Où cours-tu, par grâce ?

VELLÉDA.

Où je cours ?
Viens...
(Elle l'entraîne.)
Du sommet de ce rocher sauvage,
Vois ces barques dormant sur le morne rivage.
Elles attendent ceux qui mourront cette nuit,
Et dont les âmes
Viendront prendre place sans bruit
Près des noirs bateliers inclinés sur leurs rames.
Ils les conduiront lentement
Jusqu'au séjour où la douleur s'oublie...
Et la mienne y sera triste encore et pâlie...
Adieu !
(Elle va s'élancer dans les flots. Eudore la retient.

EUDORE.

Velléda ? Ciel ! Ah ! malheureuse enfant,
Que fais-tu ?... La douleur t'égare...

Ah! maudit soit mon cœur barbare
Qui cherche à se tromper, et qui lutte — et qui ment!
Je t'aime!... A tes genoux, vois, c'est moi qui t'implore :
    Je t'aime... Je t'adore!...
Pardonne....

VELLÉDA.

    Est-ce le ciel qui s'ouvre en ce moment?...

A l'appel bien-aimé de cette voix si chère,
Je renais à la vie, et mon âme s'éclaire
Sous les divins rayons d'un beau rêve enchanté...
    Douce extase!... O félicité!

EUDORE.

A l'appel suppliant de la voix qui t'est chère,
Renais, ô Velléda; que ton âme s'éclaire
Sous les divins rayons d'un beau rêve enchanté...
    Douce extase, ô félicité!

SCÈNE III.

LES MÊMES, SÉGENAX.

SÉGENAX, paraissant.

Velléda! Dieux puissants!... C'est bien elle!...

VELLÉDA, avec un cri.

    Mon père!

SÉGENAX.

O honte! ô torture! ô misère!
C'est ma fille!... Un esclave avait suivi tes pas
Et m'a tout révélé!... Dieux! il ne mentait pas!

Ainsi, quand la Gaule opprimée
Sous le joug des Romains pleure sa liberté,
Toi, l'âme du pays, la voix de notre armée,
    La Prêtresse au nom respecté,
    Tu trahis tes dieux, ta patrie,
    Avec son vainqueur... avec un chrétien!

EUDORE, s'avançant vers lui.

Venge-la donc sur moi qui l'ai flétrie!...
Le coupable, c'est moi! tout mon sang t'appartient!

VELLÉDA, à Ségenax.

Non, non, moi seule ici mérite ta colère...
    Épargne son sang, ô mon père.
    Comme jadis il épargna le tien!
Souviens-toi, souviens-toi qu'il te sauva la vie!

SÉGENAX.

Plût au ciel qu'il me l'eût ravie!
Mes yeux ne verraient pas outrager la Patrie!

SÉGENAX.

Anathème sur toi,
Infidèle prêtresse,
Dont la bouche traîtresse
A parjuré sa foi!
Qu'Ésus, qui voit mon âme,
Reçoive mon serment,
Et te prépare, infâme,
Ton juste châtiment!

VELLÉDA.

Honte à jamais sur moi,
Infidèle prêtresse,
Dont la bouche traîtresse
A parjuré sa foi!
Ésus, qui vois mon âme,
Écoute mon serment!
Oui, ma conduite infâme
Aura son châtiment!

EUDORE.

Honte à jamais sur moi
Qui, par lâche faiblesse,
Dans un instant d'ivresse
Ai parjuré ma foi!
O Dieu, qui vois mon âme,
Pour elle sois clément;
Moi, qui seul fus infâme,
Mérite un châtiment!

Ensemble.

SÉGENAX, à Velléda.

Tu sais quel est l'arrêt de notre loi sévère,
Quel est l'ordre des dieux?...

VELLÉDA, à elle-même.

    Hélas! ne plus le voir!

SÉGENAX.

Ton cœur hésite?

VELLÉDA.

    Non, mon père.
    Je ferai mon devoir.

SÉGENAX, avec un enthousiasme religieux.

Teutatès a parlé dans l'arbre des Druides.
    « Point de pitié pour les perfides,
    A-t-il dit, le dieu tout-puissant!
    Apprêtez les fers homicides... »
    Teutatès veut du sang!

    Amhra! Amhra!
    La victime est prête
    Et courbe la tête;
    Les bardes sont là :

Quand le jour luira,
Sur son front coupable,
Le fer redoutable
Enfin s'abattra !
Amhra ! Amhra !

EUDORE.

Velléda ?... Ce chant barbare,
Est-ce ta mort qu'il ordonne et prépare ?

SÉGENAX.

Son crime peut ainsi seulement s'expier.

EUDORE.

Son crime ?... Dis le tien, ô père impitoyable !
Le sang versé, fût-il coupable,
Retombe sur le meurtrier !

SÉGENAX.

La volonté des dieux soit faite... et non la mienne !
Sa mort, c'est le salut de la Gaule, ô Romains !

EUDORE.

Tes dieux sont lâches, inhumains !
Le mien sait pardonner... Velléda, sois chrétienne !

SÉGENAX, à Velléda.

Au nom des dieux, au nom de la Gaule outragée
Qui veut être vengée,
Ne faiblis pas !...
Ou, deux fois coupable envers elle,
Fille infidèle,
Sois deux fois maudite ici-bas !

VELLÉDA, à elle-même.

Renoncer à ce rêve !...
Hélas ! ne plus le voir !

EUDORE, cherchant à l'entraîner.

Viens...

VELLÉDA, après une courte lutte.

Non. Il faut que mon destin s'achève.
Je ferai mon devoir.

(Le jour commence à poindre.)

VELLÉDA.

Tombe, ô voile blanc, tombe, ô ma couronne,
Emblèmes sacrés ternis par l'affront,
Vous n'êtes plus faits pour parer mon front !...
O mon bien-aimé !... mon père !... pardonne !
(Elle se frappe de sa faucille et tombe. Eudore jette
un cri et veut s'élancer vers elle. Ségenax l'arrête.)

VELLÉDA, d'une voix éteinte.

« Ils les conduiront lentement
Jusqu'au séjour où la douleur s'oublie,
Et mon âme y sera, triste encore et pâlie...
Adieu... » Pardonne, ô cher amant !...

(Elle meurt.)

EUDORE.

Morte ! elle est morte !... Terre et cieux !

SÉGENAX.

Elle a vengé l'honneur, la patrie et les dieux !
(Il fait un geste menaçant à Eudore
qui s'enfuit épouvanté.)

Paris. — Typ. de Firmin-Didot et Cⁱᵉ, imp. de l'Institut, 56, rue Jacob. — 22873.

ACADÉMIE DES BEAUX-ARTS

SÉANCE PUBLIQUE ANNUELLE

DU SAMEDI 20 OCTOBRE 1888

PRÉSIDÉE PAR M. BONNAT

PROGRAMME DE LA SÉANCE

1° Exécution d'une ouverture composée par M. GEORGES MARTY, pensionnaire de Rome.

2° Discours de M. le PRÉSIDENT et distribution des grands prix de peinture, de sculpture, d'architecture, de gravure et de composition musicale.

3° Proclamation des prix décernés en vertu des diverses fondations.

4° *Notice sur la vie et les ouvrages de* M. VICTOR MASSÉ,

membre de l'Académie, par M. le vicomte Henri DELABORDE, secrétaire perpétuel.

5° Exécution de la scène lyrique qui a remporté le premier grand prix de composition musicale, et dont l'auteur est M. ERLANGER (Camille), né à Paris le 25 mai 1863, élève de M. Léo Delibes, membre de l'Académie.

DISCOURS

DE

M. BONNAT

PRÉSIDENT DE L'ACADÉMIE

Lu dans la séance publique annuelle du 20 octobre 1888.

MESSIEURS,

La mort a été cruelle pour l'Académie des Beaux-Arts. Moins heureux que mon prédécesseur qui, l'année dernière, à pareil jour, se félicitait de n'avoir à déplorer la disparition d'aucun d'entre nous, j'ai le douloureux devoir de vous rappeler les pertes que nous avons éprouvées, les noms des confrères, des amis qui nous ont quittés pour jamais.

La liste funèbre est longue. Elle débute par un nom respecté entre tous, par le nom de M. Questel, le doyen de notre section d'architecture, artiste de haut vol, l'un des maîtres-architectes de notre époque. Qui de nous ne se souvient de sa belle église de Saint-Paul, à Nîmes, où Flandrin, l'ami de son cœur, trouva, grâce à cette amitié de jeunesse, l'occasion de révéler la tendresse de sa foi, l'élévation de son talent ! Quant à l'admirable bibliothèque de Grenoble édifiée plus tard par M. Questel, elle restera un des monuments les plus parfaits qui aient été construits en province, un de ceux dont la pensée et l'exécution font le plus d'honneur à l'art de notre temps.

Après M. Questel, deux graveurs de la grande école disparaissent presque au même instant : Bertinot et François. Tous deux ont brillamment contribué à maintenir au premier rang cet art de la gravure qui est une des gloires incontestées de la patrie française, et, lieutenants fidèles de leur maître, M. Henriquel, notre illustre confrère, l'un de nos deux doyens vénérés, ils n'ont pas laissé déchoir dans leurs mains la noble tradition des Nanteuil et des Gérard Audran. Ils ont bien mérité de leur art !

Hélas ! pourquoi faut-il qu'à ces noms qui nous sont si chers je doive encore ajouter le nom également cher à tous de Gustave Boulanger, mort, celui-là, dans la plénitude du talent et de l'activité ! Aucun de nous n'oubliera de longtemps le peintre des esclaves et des empereurs, l'attardé de Pompéi, le traducteur ingénieux de Suétone et de Plutarque, l'ami chaud et fidèle, le professeur dévoué et profondément convaincu.

Messieurs, il en est de la fin d'une vie bien remplie, d'une vie consacrée à la poursuite d'un but élevé, comme de la dernière heure d'un beau jour qui dans un adieu suprême, éclatant de tendresses et d'harmonies, s'éteint lentement, en laissant, dans le cœur de celui qui le contemple, des trésors de sérénité, de calme et d'admiration. On sent à ces heures suprêmes que l'âme de la nature va se reposer dans le sein de son créateur. Tel est le sentiment que j'éprouve en prononçant les noms de ces vaillants artistes, qui, l'œuvre accomplie, sont entrés dans l'éternel repos. Mais ma tâche, malgré cette impression d'apaisement, serait encore profondément attristée si je devais me borner à évoquer le souvenir de ceux qui ne sont plus, et si je n'avais encore une mission consolatrice plus féconde à remplir.

Messieurs, de même qu'il est dans la destinée humaine de voir aux grandes douleurs succéder les grandes joies, de même qu'au jour qui disparaît succède, radieux, le jour naissant, j'ai à souhaiter la bienvenue à ces hommes jeunes, pleins de foi et d'ardeur qui sont là, devant nous. Tournons nos regards, avec la belle espérance, vers ceux qui entrent dans la carrière, vers ceux qui commencent la traversée difficile, et qui, l'âme pleine de nobles ambitions, le cœur débordant de sève, ne demandent qu'à gravir les sommets lumineux.

Messieurs les Lauréats, je ne voudrais pas retarder le moment où vos noms acclamés vont vous faire éprouver des sensations inoubliables; mais, cependant, je ne puis assister à notre séparation, à votre départ vers la terre promise de l'art, sans vous recommander au moment où vous allez être armés chevaliers et revêtir l'armure du combat lointain, sans vous recommander l'usage que vous devez faire des armes nouvelles qui vous sont confiées. C'est un devoir, peut-être... mais en tous cas, j'ai pour excuse l'amour illimité que je porte à tout ce qui est art, à tous ceux dont la flamme du beau a réchauffé et illuminé l'esprit.

Vous allez traverser, Messieurs, une période décisive de votre vie, celle où vous deviendrez des artistes vraiment dignes de ce nom. Vous allez voler de vos propres ailes ; vous partez élèves, vous reviendrez maîtres. Le tout dépendra de l'emploi que vous ferez de votre intelligence et des facultés innées qui sont en vous. Eh bien, croyez-moi, je vous dis la vérité, je vous indique la voie. Dès que vous aurez franchi la barrière qui vous séparera de notre terre de France, commencez par oublier Paris et ses agitations fiévreuses. Ne pensez à la patrie que pour vous rendre digne d'elle. Faites-vous une imagination nouvelle. Oubliez le Salon, et les appétits de succès trop souvent éphémères qu'il fait naître ; vous le retrouverez assez tôt. Assez tôt vous rentrerez dans les âpretés de la lutte et dans les déboires de la vie active. Mais pendant les belles années de jeunesse et de foi qui vont se succéder pour vous, n'ayez que des préoccupations élevées, étrangères au succès immédiat. Ne songez qu'à devenir forts pour les luttes de l'avenir. Ne pensez qu'aux œuvres des artistes immortels que vous allez étudier et qui sont la gloire la plus éclatante de leur pays. Aimez-les sans arrière-pensée. Soyez humbles à côté de ces grands maîtres, soyez pleins de respect : ce respect et cette humilité ne vous diminueront en rien, au contraire ils vous grandiront. Tâchez de saisir les secrets de leur génie, tâchez de comprendre ce qui a fait leur grandeur. Efforcez-vous de deviner l'idéal qui les a guidés et de découvrir d'où cet idéal, d'où ce grand souffle d'art leur est venu.

Cet idéal, Messieurs, résidait au fond de leur cœur, dans l'amour irrésistible qu'ils avaient de la nature, et celle-ci, touchée de ce grand amour, leur a révélé ses mystères. Un œil, une main, dessinés par Léonard, un simple contour tracé par Michel-Ange sont de purs chefs-d'œuvre, parce que ces grands hommes, ces dieux de l'art, ont pénétré profondément dans l'œuvre du créateur et en ont compris l'harmonie divine. Inspirez-vous de leurs exemples. Aimez la nature, aimez-la toujours et quand même, cette bonne et impeccable nature ; aimez-en les tendresses, les colères, les joies, les tristesses ; aimez-en les couleurs, les formes, les harmonies. Tâchez d'en acquérir la science. Et si parfois l'étude est aride, si la traduction n'est pas à la hauteur de votre conception, ne vous laissez pas aller au découragement. N'ayez pas pour vous-mêmes de lâches complaisances. Rappelez-vous le mot de Napoléon écrivant à son frère : « Ne redoute pas la fatigue, il n'y a que ceux qui la méprisent qui deviennent quelque chose. » Et à ce contact de la féconde nature, par cette étude persévérante, par cette ardente contemplation, à votre tour vous créerez en vous un idéal qui sera bien vôtre, qui deviendra pour toujours votre force, que vous retrouverez aux heures troublées, et qui vous soutiendra au milieu des défaillances ou des amertumes de la vie. Parmi les hommes, les plus forts sont ceux qui ont le plus fortement aimé.

Messieurs, après un insuccès, Beethoven s'écriait avec fierté : « La postérité me vengera, parce que dans mon art, je le sens, Dieu est plus près de moi que des autres hommes. » Ce cri échappé à la conscience de Beethoven, parti de son âme froissée, est la plus précieuse des révélations. Il est aussi éclatant que la plus puissante de ses symphonies. Il résume à lui seul tout ce que l'on a pu dire de plus élevé, écrire de plus profond sur les sources cachées et mystérieuses de l'inspiration.

N'oubliez jamais cette grande parole, Messieurs; qu'elle vous encourage et vous enseigne, qu'elle vous porte sur ses ailes, et, grâce à elle, un jour viendra où, sous vos noms devenus illustres, une main inspirée écrira, comme jadis celle de Chateaubriand, à Rome, écrivit sous le nom de Nicolas Poussin : « A la gloire des Arts! A l'honneur de la France! »

GRANDS PRIX

DÉCERNÉS PAR L'ACADÉMIE DES BEAUX-ARTS.

PEINTURE.

Le sujet du concours donné par l'Académie était :

Ulysse et Nausicaa.

L'Académie n'a pas décerné de grand prix ni de premier second grand prix.

Elle a décerné le deuxième second grand prix à M. ELIOT (Maurice-Charles-Louis), né à Paris le 9 septembre 1862, élève de MM. Cabanel et Bin.

L'Académie a, en outre, accordé une mention honorable à M. BUFFET (Paul), né à Paris le 27 avril 1864, élève de MM. J. Lefebvre et Boulanger.

SCULPTURE.

Le sujet du concours donné par l'Académie était :

Oreste au tombeau d'Agamemnon.

Le grand prix a été remporté par M. CONVERS (Louis-Joseph), né à Paris le 5 septembre 1860, élève de MM. Cavelier et Aimé Millet.

Le premier second grand prix a été remporté par
M. Theunissen (Corneille-Henri), né à Anzin (Nord) le
6 novembre 1863, élève de M. Cavelier.

Le deuxième second grand prix a été remporté par
M. Lefebvre (Hippolyte), né à Lille le 4 février 1863,
élève de M. Cavelier.

___

ARCHITECTURE.

Le programme donné par l'Académie était :

Un Palais pour le Parlement.

Le grand prix a été remporté par M. Tournaire (Joseph-
Albert), né à Nice le 11 mars 1862, élève de M. André.

Le premier second grand prix a été remporté par
M. Sortais (Louis-Marie-Henri), né à Paris le 8 novembre
1860, élève de MM. Daumet et Girault.

Le deuxième second grand prix a été remporté par
M. Huguet (Eugène-Jean-François), né à Montferrat (Isère)
le 13 décembre 1863, élève de M. Blondel.

___

GRAVURE EN TAILLE-DOUCE.

L'Académie a décerné le grand prix à M. Leriche (Henri), né à Grenoble le 12 avril 1867, élève de MM. Henriquel, Levasseur, Bouguereau et Tony Robert-Fleury.

Le premier second grand prix a été remporté par M. Chquet (Eugène-Marie), né à Lineray (Indre-et-Loire) le 8 septembre 1863, élève de MM. Henriquel et Cabanel.

Le deuxième second grand prix a été décerné à M. Deturck (Jules-Alphonse), né à Bailleul (Nord) le 23 février 1862, élève de MM. Henriquel, Levasseur et Cabanel.

COMPOSITION MUSICALE.

Le sujet du concours était une cantate à trois personnages, intitulée : *Velléda*, par M. Fernand Beissier.

Le grand prix a été remporté par M. Erlanger (Camille), né à Paris le 25 mai 1863, élève de M. Léo Delibes.

Le premier second grand prix a été décerné à M. Dukas (Paul-Abraham), né à Paris le 1er octobre 1865, élève de M. Guiraud.

PRIX FONDÉ PAR MADAME VEUVE LEPRINCE.

L'Académie décerne le prix fondé par Mme Leprince à M. Convers pour la sculpture, à M. Tournaire pour l'architecture, et à M. Leriche pour la gravure en taille-douce.

PRIX ALHUMBERT.

Ce prix, de la valeur de *six cents francs,* destiné à récompenser les progrès faits dans les arts, est délivré chaque année, soit au pensionnaire graveur en médailles, soit au pensionnaire graveur en taille-douce, au moment de son retour de Rome.

A défaut d'un graveur, le prix sera donné à un musicien ou à tout autre lauréat dans les mêmes conditions.

Le prix a été décerné, cette année, à M. Sulpis, graveur en taille-douce.

PRIX DESCHAUMES.

Ce prix, d'une valeur de quinze cents francs, a été fondé en vue d'encourager de jeunes architectes, se distinguant par leur aptitude pour leur art et par leurs bons sentiments à l'égard de leur famille. L'Académie, cette année, partage le prix entre MM. Chifflot, Despradelle et Belesta.

PRIX MAILLÉ-LATOUR-LANDRY.

Institué par feu M. le comte de Maillé-Latour-Landry en faveur d'un artiste dont le talent déjà remarquable mérite d'être encouragé, ce prix, qui est biennal, sera décerné en 1889.

PRIX FONDÉ PAR M. BORDIN.

L'Académie avait proposé, pour l'année 1888, le sujet suivant :

Rechercher s'il existe une esthétique commune, applicable aux monuments appartenant aux grandes époques de l'art.

Étudier à ce point de vue les monuments égyptiens, grecs, romains, et ceux du moyen âge, de la Renaissance, et des temps modernes jusqu'à la fin du XVIIIe siècle.

Six mémoires ont été adressés au concours sur cette question. L'Académie a décerné un premier prix de *deux mille francs* à M. Émile HERVET et un second prix de *mille francs* à M. Henri D'ESCAMPS. Elle a accordé, en outre, une mention honorable à M. Paul LEMOINE.

L'Académie rappelle qu'elle a proposé, pour l'année 1889, le sujet suivant :

De la fabrication des monnaies et des médailles, et de ses

*rapports avec les progrès de l'art de la gravure en médailles,
depuis l'antiquité jusqu'à nos jours.*

Les mémoires devront être déposés au Secrétariat de
l'Institut le 31 décembre 1888.

L'Académie propose, pour l'année 1890, le sujet suivant :

*De la musique en France, et particulièrement de la musi-
que dramatique, depuis le milieu du XVIIIe siècle jusqu'à
nos jours, en y comprenant les œuvres des compositeurs étrangers exécutées ou représentées en France.*

Les mémoires devront être déposés au Secrétariat de
l'Institut le 31 décembre 1889.

Les manuscrits devront porter une épigraphe ou devise
répétée dans un billet cacheté qui contiendra le nom de
l'auteur. Les concurrents qui se feraient connaître seraient
exclus du concours. L'Académie ne rendra aucun des
manuscrits qui auront été soumis à son examen, mais les
auteurs pourront en faire prendre des copies au secrétariat.

Les étrangers pourront prendre part à ces concours,
pourvu que leurs mémoires soient écrits en langue française.

PRIX FONDÉS PAR M. LE BARON DE TREMONT.

L'Académie partage ce prix, de la valeur de *deux mille
francs,* entre M. BARBOTIN, graveur, et M. BOISSELOT, compositeur de musique.

PRIX FONDÉ PAR M. GEORGES LAMBERT.

Ce prix est décerné à des artistes, ou à des veuves d'artistes, comme marque publique d'estime.

L'Académie partage ce prix entre Mlle Vallot et MM. Lottier, Vilain et Auvray.

PRIX ACHILLE LECLERE.

Ce prix, de la valeur de *mille francs*, est destiné à l'auteur du meilleur projet d'architecture sur un sujet mis au concours par l'Académie.

Le sujet du concours de 1888 était :

Une Salle de Fêtes pour une mairie de Paris.

Vingt-neuf projets ont été déposés.

L'Académie décerne le prix à l'auteur du projet n° 1, M. Louvet (Albert), élève de MM. Louvet et Ginain.

Elle accorde, en outre, une première mention honorable à l'auteur du projet n° 2, M. Le Roy (Gaston), et une deuxième mention honorable à l'auteur du projet n° 4, M. Cailleux (Marie-Germain-Charles-René).

PRIX FONDÉ PAR M. CHARTIER.

Ce prix, de la valeur de *cinq cents francs,* destiné à encourager la musique dite de chambre, en faveur d'un auteur français qui se sera distingué dans ce genre de composition, a été décerné à M. Alphonse Duvernoy.

PRIX TROYON.

Mme Troyon a fondé un prix biennal à décerner par l'Académie à la suite d'un concours dont le sujet sera un paysage.

Les concurrents doivent être Français et âgés de moins de trente ans, au 1er janvier de l'année du concours.

Les tableaux destinés au concours ne doivent pas être signés. Ils doivent : 1° être marqués d'un signe, d'un mot ou d'une devise, reproduits sur l'enveloppe d'un pli cacheté qui contiendra le nom, l'adresse et l'extrait de l'acte de naissance du concurrent ; 2° être encadrés d'une plate-bande dorée (mat) de la largeur de 5 centimètres.

Ils seront reçus au Secrétariat de l'Institut jusqu'au 15 septembre de l'année du concours, à quatre heures.

Les dimensions de la toile seront : largeur, 1^m,50; hauteur, 0^m,90.

Une exposition publique des tableaux aura lieu pendant les deux jours qui précéderont le jour du jugement, et pendant les vingt-quatre heures qui le suivront.

L'Académie propose pour l'année 1889 le sujet suivant :

Le Printemps.

PRIX FONDÉ PAR M. DUC.

Ce prix biennal est destiné à encourager les *hautes études architectoniques*.

PROGRAMME.

« A tous les âges, l'architecture a été la grande écriture de l'histoire, et celle de notre pays a fidèlement exprimé notre civilisation et nos mœurs, depuis la domination romaine jusqu'au siècle de Louis XIV inclusivement.

« Depuis cette époque, les signes et les formes qui constituent les éléments de cette écriture n'ont pas suivi une marche régulière dans leurs transformations successives. L'esprit de l'art est devenu éclectique au lieu d'être organique, et il subit trop souvent l'influence du goût et des études historiques qui sont en faveur dans notre société. Par ce fait, le style de notre architecture n'a plus l'unité nationale qui caractérisait les époques passées, et il est menacé d'occuper un rang inférieur dans l'histoire de notre art.

« Il a donc semblé utile au fondateur de déterminer

autant que possible, par des études spéciales et sous le patronage de l'Académie, le style et la forme des éléments de notre architecture moderne.

« Le but de ce concours n'est pas le renouvellement de ces exercices d'où naissent tous les jours, à l'École des Beaux-Arts, d'ingénieuses et brillantes compositions basées sur des programmes souvent complexes.

« Les concurrents, libres dans le choix de leur composition, peuvent présenter les sujets les plus simples : ce qui leur est particulièrement demandé, c'est qu'en faisant une juste application de l'architecture à nos mœurs et à nos usages, ils recherchent la beauté, riche ou simple, des éléments architectoniques; c'est qu'ils présentent un résultat d'études qui rappelle les qualités diverses qui, aux belles époques de l'art, ont conquis l'admiration universelle.

« Afin de bien accentuer la forme, les profils et l'ornementation qui doivent déterminer le style et le caractère de l'architecture, les concurrents développeront par des détails, au dixième au moins, les parties de leur composition qu'ils jugeront les plus favorables à cette expression.

« Le plan ou les plans seront à une échelle libre.

« Les élévations et les coupes seront à une échelle de o^m,o2 pour mètre.

« Le concours, qui est biennal, sera jugé par l'Académie des Beaux-Arts, après une exposition publique.

« Il est ouvert à tous les Français qui justifieront de

leur nationalité. Les études couronnées resteront la propriété de l'Académie. »

Nota. — Seront admises pour prendre part au concours les études présentées dans les conditions ci-dessus prescrites, et faites d'après un monument, dont l'exécution, par le concurrent, ne remonterait pas à plus de deux années en deçà du terme fixé pour la remise des ouvrages.

Les projets devront être adressés au Secrétariat de l'Institut, avant le 1er avril de l'année du concours.

L'Académie a décerné le prix, cette année, à M. Albert BALLU.

Elle a accordé, en outre, deux mentions honorables, la première à M. DAUPHIN, et la seconde à M. CASSIEN BERNARD.

PRIX JEAN LECLAIRE.

L'Académie a décidé que deux prix de *cinq cents francs* chacun seraient décernés tous les ans :

1° *A l'élève de 1re classe de l'École des Beaux-Arts qui, dans l'année scolaire, aura obtenu le plus grand nombre de valeurs ;*

2° *A celui des élèves de l'École des Beaux-Arts qui, passant de la deuxième classe dans la première, aura mis le moins de temps à remplir toutes les conditions imposées à cet effet par les règlements.*

En cas d'égalité de temps, le prix serait attribué à l'élève qui aurait obtenu le plus grand nombre de valeurs dans l'ordre suivant :

    1° *Sur projets rendus d'architecture;*
    2° *Sur esquisses d'architecture;*
    3° *Sur concours de construction.*

Les élèves qui sont appelés à jouir cette année des bénéfices du prix Jean LECLAIRE sont : MM. JOANNON et SORTAIS.

LEGS CHAUDESAIGUES.

Une somme de *deux mille francs* sera remise après concours à un jeune architecte, afin qu'il puisse séjourner, pendant deux ans, en Italie, et y terminer ses études.

Les concurrents devront être Français et n'avoir pas trente ans révolus.

Lors de sa présentation au concours, chaque candidat prendra l'engagement, que stipule la testatrice, de consacrer, s'il remporte le prix, deux années consécutives à des études en Italie.

A la fin de la première année, le lauréat devra justifier, par la production de son portefeuille, de la nature de ses études. Ladite production, faite à l'Académie des Beaux-

Arts, donnera lieu, en cas d'insuffisance ou d'un nombre trop restreint de notes, dessins, relevés ou croquis, à la suppression de la pension de seconde année.

Ce concours aura lieu de la façon suivante :

Premier concours d'essai.

Tous les jeunes architectes qui auront, au préalable, pris l'engagement dont il est parlé plus haut, entreront en loge pour y faire, en douze heures, une esquisse sur un sujet qui sera donné par la section d'architecture de l'Académie des Beaux-Arts.

Les esquisses seront jugées par la section d'architecture, le lendemain de ce premier concours.

Douze esquisses pourront être choisies.

Le concours d'essai est fixé au premier jeudi du mois de novembre. Si ce jour est un jour férié, le concours est renvoyé au jeudi suivant.

L'exposition aura lieu le lendemain vendredi, et le jugement sera rendu par la section d'architecture le surlendemain samedi.

Deuxième concours.

Les douze concurrents admis à la suite de ce concours d'essai entreront en loge le lundi matin pour faire, d'après leurs esquisses, leurs dessins rendus. Ils sortiront de loge le samedi soir de la même semaine.

Les dessins rendus seront exposés avant et après le jugement qui sera rendu le mardi, par l'Académie des Beaux-Arts, dans la forme ordinairement suivie.

Le concurrent choisi devra partir pour l'Italie dans un délai de trois mois après la date du jugement.

Le concours Chaudesaigues aura lieu tous les deux ans.

L'Académie a décerné le prix à M. LAFFILÉE, élève de M. Ginain. Elle a accordé, en outre, trois mentions honorables : la première, à M. GIRARD, élève de MM. Daumet et Girault; la deuxième, à M. SÉNÈQUE, élève de MM. André et Simonet, et la troisième, à M. DALMAS, élève de M. André.

Ce prix sera de nouveau décerné en 1889.

LEGS DE CAEN.

Par testament en date du 17 septembre 1859, Mme la comtesse de Caen a pris les dispositions suivantes :

« Les artistes peintres, sculpteurs ou architectes en-
« voyés par le gouvernement à Rome, auront chacun,
« après leur temps fini, pendant trois ans, une rente de
« quatre mille francs; les architectes, qui ont moins de
« frais pour leurs travaux, n'auront que trois mille francs.
« Si un jeune peintre ou sculpteur fait une grande œuvre,
« le comité nommé par l'Institut des Beaux-Arts pourra
« lui accorder une somme de cinq mille francs, mais
« pas plus.

« Les artistes auxquels on donnera ces rentes seront
« obligés, pendant leur durée, d'exposer au Salon une fois;
« leurs ouvrages leur appartiendront, mais ils seront obli-
« gés d'en faire un dans l'espace de trois ans, pour le
« musée que je fonde, si mieux ils n'aiment décorer une
« partie de ce musée. Les sculpteurs feront un ouvrage
« aussi, ainsi que les architectes.

« Si des jeunes gens, ayant bien fait en loge pour con-
« courir au prix de Rome, n'avaient pas été admis, on leur
« donnerait, pendant trois ans, un secours de deux à cinq
« mille francs, répartis par trois mois en trois mois. »

PRIX MONBINNE.

Ce prix biennal, de la valeur de *trois mille francs*, sera
décerné à l'auteur de la musique d'un opéra-comique en
un ou plusieurs actes, que l'Académie aura jugé le plus
digne de cette récompense, soit parmi les opéras-comiques
qui auront été représentés pour la première fois dans le
cours des deux dernières années écoulées avant le jour où
le jugement sera rendu, soit parmi ceux qui auront été,
dans les quatre dernières années, soumis à l'examen de
l'Académie à titre d'envois de Rome.

A défaut d'un opéra-comique remarquable, le choix de
l'Académie pourra se porter sur une œuvre symphonique,
purement instrumentale, ou avec chant, et de préférence
sur une composition religieuse.

Aucune limite d'âge n'est fixée pour l'obtention du prix Monbinne; la qualité de Français est la seule exigée des concurrents.

Dans le cas où l'Académie des Beaux-Arts jugerait que l'auteur du livret d'opéra-comique ou des paroles écrites pour les autres compositions susindiquées, a concouru dans une mesure notable au succès de l'œuvre, l'Académie pourrait attribuer à cet auteur une part du prix ci-dessus, qui ne serait pas inférieure au tiers, s'il s'agit d'un opéra-comique, et au quart, s'il s'agit d'une des autres œuvres.

L'Académie a décerné cette année le prix à M. LALO, auteur de la partition de l'ouvrage intitulé : *le Roi d'Ys*.

FONDATION DUBOSC.

Par son testament olographe en date du 22 juillet 1859, M. Charles Dubosc a pris les dispositions suivantes :

« Ayant commencé à poser en mil huit cent quatre, à
« l'âge de sept ans, et ayant continué à servir de modèle
« jusqu'à soixante-deux ans, j'ai donc passé ma vie avec
« les artistes les plus distingués, sous tous les rapports.
« Je veux qu'après mon décès, la petite fortune que j'ai
« gagnée avec eux soit consacrée à une fondation utile aux
« artistes. En conséquence, j'institue pour légataire uni-
« versel, en toute propriété, l'Institut de France (Académie
« des Beaux-Arts) pour disposer de ma succession de la
« manière suivante : il sera fait emploi, en rentes sur l'État,

« de tout ce qui composera ma succession, et les arréra-
« ges de cette rente seront chaque année distribués par
« égales portions aux jeunes peintres et aux jeunes sculp-
« teurs reçus en loge pour le grand prix de Rome. Cette
« somme leur sera remise au moment de l'admission en
« loge. »

PRIX DELANNOY.

Ce prix, de la valeur de *mille francs*, attribué chaque
année à l'élève qui a remporté le grand prix de Rome en
architecture, est décerné à M. TOURNAIRE.

PRIX LUSSON.

Ce prix, de la valeur de *cinq cents francs*, délivré tous
les ans à l'élève architecte qui a obtenu le second grand
prix de Rome, est attribué à M. SORTAIS.

PRIX ROSSINI.

M. ROSSINI a légué à l'Académie une rente de *six mille
francs*, pour la fondation de deux prix, de *trois mille francs*
chacun, à décerner à la suite d'un concours entre artistes
français, le premier à l'auteur d'une composition de musique lyrique ou religieuse, le second à l'auteur de l'œuvre

poétique destinée à être mise en musique, avec les conditions ci-après :

« *L'auteur de la composition de musique lyrique ou religieuse devra s'attacher principalement à la mélodie. L'auteur des paroles sur lesquelles devra s'appliquer la musique et y être parfaitement appropriée, devra observer les lois de la morale.* »

L'Académie, dans la séance du 14 janvier 1888, a choisi la pièce de poésie intitulée : *les Noces de Fingal,* par Mme Judith Gautier.

Elle rappelle que le concours ouvert pour la musique à adapter à l'œuvre couronnée sera clos le 31 décembre 1888.

Un nouveau concours est ouvert pour la production d'une œuvre poétique destinée à être mise en musique. Les manuscrits devront être déposés au secrétariat de l'Institut avant le 31 décembre 1889.

Les œuvres destinées à être mises en musique devront donner lieu à une composition pour deux, trois ou quatre voix, avec ou sans l'adjonction des chœurs. et d'une durée d'exécution d'une heure environ.

Conditions du concours.

Les ouvrages *manuscrits* destinés à concourir devront être déposés ou adressés, *francs de port,* au Secrétariat de l'Institut, avant le terme prescrit, et porter chacun une épigraphe, ou devise, qui sera répétée dans un billet cacheté joint à l'ouvrage. et contenant le nom et l'adresse de l'auteur, qui ne doit pas se faire connaître d'avance. Si quelque concurrent manquait à cette dernière condition, son ouvrage serait exclu du concours.

Les concurrents sont prévenus que l'Académie ne rendra aucune des *œuvres poétiques* destinées à être mises en musique ; mais les auteurs auront la liberté d'en faire prendre des copies.

PRIX JEAN REYNAUD.

Ce prix, de la valeur de *dix mille francs,* est destiné à fonder un prix annuel qui sera successivement décerné par chacune des cinq Académies.

Conformément au vœu exprimé par la donatrice, « ce « prix sera accordé au travail le plus méritant, relevant de « chaque classe de l'Institut, qui se sera produit pendant « une période de cinq ans.

« Il ira toujours à une œuvre originale, élevée, et ayant « un caractère d'invention et de nouveauté.

« Les membres de l'Institut ne seront pas écartés du « concours.

« Le prix sera toujours décerné intégralement.

« Dans le cas où aucun ouvrage ne paraîtrait le mériter « entièrement, sa valeur serait délivrée à quelque grande « infortune scientifique, littéraire ou artistique.

« Il portera le nom de son fondateur Jean REYNAUD. »

L'Académie décernera ce prix, s'il y a lieu, en 1892.

PRIX LABOULBÈNE.

Ce prix est distribué tous les ans, par portions égales, aux élèves peintres admis en loge, et cela, à la fin du concours.

PRIX CAMBACÉRÈS.

Ce prix, de la valeur de *trois mille francs*, est partagé également entre les jeunes artistes qui ont remporté le premier second grand prix de peinture, le premier second grand prix de sculpture et le premier grand prix de gravure, soit en médailles, soit en taille-douce. Ce dernier prix n'appartiendra et ne sera remis à l'élève pensionnaire graveur qu'à son retour de Rome, et s'il a rempli les obligations réglementaires.

Comme sur cinq années il n'y a que quatre concours pour la gravure, l'Académie aura le droit, pour l'année où il n'y aura pas d'emploi du prix, soit pour cette cause, soit par suite du décès d'un pensionnaire, soit pour tout autre motif, de décerner le prix à l'élève graveur qu'elle aura jugé digne de cette récompense.

MM. Theunissen pour la sculpture, Leriche pour la gravure en taille-douce, ont été appelés cette année à jouir des bénéfices de la fondation Cambacérès.

PRIX PIGNY.

Ce prix, de la valeur de *deux mille francs*, décerné, chaque année, à l'architecte ayant remporté le deuxième grand prix au concours de Rome, est attribué à M. Sortais.

PRIX DESPREZ.

Ce prix, de la valeur de *mille francs*, est décerné, chaque année, à une œuvre de sculpture choisie parmi celles que les artistes, eux-mêmes, auront soumises à l'examen de l'Académie, par une déclaration déposée au Secrétariat de l'Institut, un mois au moins avant l'époque fixée pour le jugement, et indiquant, avec leur intention de participer au concours, l'ouvrage ou les ouvrages sur lesquels ils fondent leur demande d'admission, l'Académie pouvant se réserver, d'ailleurs, le droit de décerner le prix, même à un ouvrage qui n'aurait pas été indiqué d'avance.

Pour être admis à ce concours, il faut remplir les conditions suivantes :

1° Être Français ;

2° N'avoir pas dépassé l'âge de trente-cinq ans ;

3° Être l'auteur d'un ouvrage ou de plusieurs ouvrages ayant paru soit à Paris, soit sur tout autre point du territoire français dans le cours des deux dernières années.

L'Académie a décerné, cette année, le *Prix Desprez* à M. Quinton.

PRIX HENRI LEHMANN

M. Henri LEHMANN, membre de l'Académie des Beaux-Arts, a fondé un prix triennal de *trois mille cinq cents francs, pour l'encouragement des bonnes études classiques,* en faveur d'un peintre n'ayant pas plus de vingt-cinq ans accomplis et ayant fait dans les trois ans un ouvrage, tableau ou carton achevé qui, par le choix du sujet, par la composition, le style et l'exécution, *s'éloignera le plus de — et protestera le plus éloquemment contre — l'abaissement de l'art que les doctrines préconisées aujourd'hui semblent favoriser.*

Le tableau restera la propriété de l'auteur.

Ce prix sera décerné pour la première fois en 1889.

PRIX BRIZARD

Ce prix annuel, de *trois mille francs,* sera décerné à l'auteur d'un tableau à l'huile, admis à l'Exposition des Beaux-Arts de Paris, et représentant *la première année un paysage,* avec ou sans figure, *la seconde année une marine.*

Ce prix sera décerné, en 1889, pour la deuxième fois, à l'auteur d'un tableau représentant *une marine.*

Conformément aux intentions du testateur, le prix ne

pourra être décerné qu'à l'artiste français, ou naturalisé
tel, qui n'aura pas plus de vingt-huit ans au 1ᵉʳ janvier de
l'année de l'Exposition, et qui n'aura pas obtenu du jury
des Expositions de Paris une récompense supérieure à la
médaille de 3ᵉ classe.

Ce prix a été décerné, pour la première fois en 1888, à
M. René Veillon.

PRIX MAXIME DAVID.

Ce prix annuel, de *quatre cents francs,* sera décerné à *la
meilleure des miniatures présentées aux expositions nationales
des Beaux-Arts.*

Le prix sera décerné pour la première fois en 1889.

PRIX JARY.

Ce prix, institué en faveur du pensionnaire architecte
qui, avant de quitter l'Académie de France à Rome, aura
rempli toutes les obligations imposées par le règlement,
a été décerné à M. Redon.

PRIX DE L'ÉCOLE DES BEAUX-ARTS.

FONDATIONS DE CAYLUS ET DE LA TOUR.

Ces prix ont été décernés, le premier à M. Charpentier (Gaston), élève de MM. Bouguereau et T. Robert-Fleury, et à M. Desvergnes, élève de MM. Thomas et Chapu; le second à M. Lenoir (Charles), élève de MM. Bouguereau et T. Robert-Fleury.

GRANDES MÉDAILLES D'ÉMULATION.

Une grande médaille d'émulation est attribuée aux élèves de l'École des Beaux-Arts qui, dans chacune des sections de peinture, de sculpture, d'architecture et de gravure, auront compté dans le courant de l'année le plus grand nombre de succès. L'Académie s'est associée à cette pensée, et elle a décidé que les noms des élèves qui auraient obtenu ces médailles seraient proclamés en séance publique.

Ces jeunes artistes sont :

MM. Véber (Jean), élève de MM. Cabanel et Maillot.
Theunissen, élève de M. Cavelier.
Sortais, élève de MM. Daumet et Girault.

PRIX ABEL BLOUET.

Ce prix, décerné, chaque année, à l'élève de la première classe d'architecture, qui a obtenu le plus de succès depuis son entrée à l'École, a été décerné à M. SORTAIS, élève de MM. Daumet et Girault.

PRIX JAŸ.

Ce prix, attribué, tous les ans, à l'élève qui a obtenu le premier rang dans le concours de construction, a été obtenu, cette année, par M. DUQUESNE, élève de M. Pascal.

NOTICE

SUR LA VIE ET LES OUVRAGES

DE

M. VICTOR MASSÉ

PAR

M. LE V^{TE} HENRI DELABORDE

SECRÉTAIRE PERPÉTUEL DE L'ACADÉMIE

Lue dans la séance publique annuelle du 20 octobre 1888.

———

Messieurs,

Lorsque la mort nous séparait, il y a quatre ans, de
M. Victor Massé, il nous fallut, pour obéir aux dernières
volontés de notre confrère, laisser son tombeau se fermer
sans saluer de quelques paroles d'adieu l'artiste d'élite, le
maître unanimement aimé dont on venait d'y déposer les
restes; mais le silence d'abord prescrit à tous avec la pré-
voyance d'une modestie jalouse de se continuer même au
delà des limites de la vie, on avait le droit et le devoir de
le rompre dès qu'on ne se trouverait plus à l'heure et dans
le lieu où il avait été imposé. Aussi les hommages à cette
mémoire qui semblait avoir voulu, au moins pour un mo-

ment, se dérober, les éloges dus à ce talent si délicat dans sa sincérité, si sensé jusque dans la verve, n'ont-ils pas cessé de se renouveler, depuis le jour où le digne successeur de Victor Massé à l'Académie (1) résumait devant vous, Messieurs, avec une émotion que vous partagiez, les titres de celui qui avait été son premier maître et qui était resté son ami. L'année dernière encore, un illustre compatriote de l'artiste, M. Jules Simon, n'ajoutait-il pas l'éloquent tribut de sa parole aux honneurs dont on entourait la statue érigée dans sa ville natale à l'auteur de *Galathée* et des *Noces de Jeannette*, des *Saisons* et de *Paul et Virginie?*

Ce ne peut donc être, tant s'en faut, avec la prétention d'appeler la lumière sur des mérites déjà si bien mis en relief que j'essaye de recueillir à mon tour les souvenirs qu'évoque le nom de Victor Massé. Ces souvenirs toutefois sont de ceux que ne sauraient affaiblir ni les retards, ni les redites, et d'ailleurs, quelque avance qu'on ait pu forcément laisser prendre à d'autres, n'est-il pas toujours temps, ne convient-il pas toujours d'honorer, surtout ici, une vie tout entière dévouée à l'art et menée jusqu'au bout avec un courage sans défaillance, avec une probité d'esprit et de cœur sans démenti?

Certes, pas plus que les éclatants succès, les dures épreuves n'auront manqué à cette vie si brillamment commencée et, dans les dernières années, si pénible. Et pourtant, à aucun moment, rien n'en a compromis l'unité, rien n'a pu en lasser les efforts, en altérer la sérénité studieuse, même après qu'un mal incurable eût immobilisé le corps

---

(1) M. Léo Delibes.

de notre confrère, pour ne laisser de force et d'activité
qu'à sa pensée. Les amis de Victor Massé qui l'avaient le
plus intimement connu pendant les années prospères de
sa jeunesse, ceux qui avaient été les témoins les plus rap-
prochés des progrès de sa renommée si rapide, si vaillam-
ment conquise, et toujours si simplement portée, ceux-là
le retrouvaient sur son lit de souffrance aussi ardemment
préoccupé de son art que jamais, aussi tourmenté du besoin
de produire et, en même temps, aussi doux envers son infortune actuelle qu'il avait su l'être jadis envers le bonheur.

Jamais homme en effet n'eut l'orgueil du talent personnel moins hautain, la joie du succès moins turbulente.
Classé parmi les maîtres à un âge où les autres d'ordinaire
en sont encore à s'essayer, Victor Massé avait voulu voir
dans sa célébrité précoce un stimulant pour l'avenir bien
plutôt qu'une récompense déjà suffisamment justifiée.
Trente ans plus tard, malgré tant de preuves faites et de
suffrages irrévocablement acquis, il ne se croyait pas
quitte des engagements qu'il avait pris et il travaillait à
les remplir avec la même bonne foi et le même zèle qu'à
l'époque où il s'agissait pour lui de mériter les premiers
applaudissements du public.

Victor Massé, au surplus, s'était accoutumé de bonne
heure à exiger beaucoup de lui-même et à demander aussi
peu que possible aux autres. Lorsque, à peine âgé de huit
ans, il quittait avec sa mère, veuve d'un pauvre ouvrier-
cloutier de la marine, la ville de Lorient où il était né le
7 mars 1822, il avait déjà fait un apprentissage assez sérieux
de la vie pour savoir qu'au lieu d'attendre paisiblement les
secours ou les biens qu'elle pourrait donner, il faudrait les

lui arracher de haute lutte. Il arrivait donc à Paris bien préparé pour le travail, mais en même temps bien décidé à ne s'y livrer que dans le champ entrevu dès les premiers jours et où l'attirait une vocation d'autant plus impérieuse que les circonstances l'avaient moins favorisée jusque là.

Par quelle inspiration mystérieuse, par quel étrange contraste avec les exemples proposés à son enfance, s'était-il mis en tête de se consacrer à l'étude d'un art dont il ne lui avait été permis encore que de rêver, qu'il n'avait pu que pressentir sans le connaître? « L'esprit de Dieu souffle où il veut », dit l'apôtre : ce n'est pas seulement dans le domaine de la foi que ce divin caprice s'exerce et qu'il subjugue instantanément l'âme humaine. Comment expliquer, sinon par une révélation d'en haut, l'instinct sous l'empire duquel un petit enfant sans culture, le fils d'un homme qui n'eût pu lui apprendre qu'à faire œuvre de ses bras, écoute dans le secret de son cœur les voix qui chantent en lui et se passionne pour un idéal dont rien de ce qui l'environne ne lui parle, que tout au contraire semble lui défendre même de soupçonner? Depuis Giotto jusqu'à cet autre pâtre qui devait de nos jours, au fond des montagnes du Jura, s'éprendre de la sculpture sans en avoir jamais vu une œuvre et, plus tard, la pratiquer si bien qu'il méritât de siéger parmi vous (1), plus d'un s'est rencontré de ces artistes-nés qu'une organisation exceptionnelle prédestinait à leur rôle dès le berceau; mais on ne trouverait guère à en citer chez qui le don ait été plus que chez Victor Massé manifeste et qui, surtout, se soient

---

(1) M. Joseph Perraud.

plus consciencieusement appliqués à le féconder par l'étude,
à mesure que les occasions d'apprendre se présentaient.

Aussi les années que Victor Massé passa dans les classes
du Conservatoire après un séjour préalable dans l'établis-
sement dirigé par Choron, — où il avait eu, soit dit en
passant, pour condisciples M. Scudo, le futur critique musical, et Mlle Rachel, — ces années de mieux en mieux
employées n'amenèrent-elles pour lui qu'une succession
non interrompue de progrès et une série de triomphes sco-
laires presque sans précédents. Toutes les couronnes qu'un
élève peut obtenir, toutes les récompenses que l'on décerne
à la virtuosité de l'exécutant ou à la science acquise du
compositeur, il les mérita et les reçut coup sur coup,
d'abord comme élève de Zimmermann, ensuite comme
élève d'Halévy, depuis le premier prix de piano et le premier prix d'harmonie et d'accompagnement jusqu'au premier prix de contrepoint et de fugue. Enfin, après avoir
en 1842 remporté à vingt ans le second grand prix de
Rome, il obtenait le premier deux ans plus tard, et, pour
surcroît d'heureuse fortune, on lui accordait ce privilège
de faire entendre à l'Opéra avant son départ la cantate que
l'Académie des Beaux-Arts venait de couronner (1).

Le nouveau pensionnaire de l'Académie de France arrivait donc à la villa Médicis avec le double prestige que
lui donnaient aux yeux de ses camarades la réputation
« d'un élève prodige », comme l'avaient qualifié ses maîtres
du Conservatoire, et celle d'un artiste applaudi déjà par le

---

(1) Cette cantate, intitulée *le Renégat de Tanger*, fut exécutée trois fois
à l'Opéra au mois de février 1845.

public. Tout d'ailleurs dans l'admirable milieu où il se
trouvait transporté n'était-il pas pour lui encouragement
et promesse? Tout, nature, art du passé, facilités de la vie
présente, ne souriait-il pas autour de lui, comme, dans sa
personne même si séduisante, si exceptionnellement favorisée, tout respirait à la fois la vivacité d'une intelligence
ouverte aux viriles impressions du beau et la grâce presque
féminine d'une jeunesse à peine en fleur? Ceux qui ont
connu Victor Massé à cette époque ne revoient-ils pas par
la pensée ce blond jeune homme, au frais visage, au regard franc et caressant tout ensemble, dont le pinceau
d'un de vous, Messieurs, reproduisait alors les traits char-
mants, comme sa plume devait, à bien des années d'intervalle, le représenter une seconde fois tel qu'il s'était révélé à lui dans l'intimité de la vie commune? « Lorsque,
au temps où nous étions pensionnaires de l'Académie,
écrivait il y a quelques mois M. Cabanel, Victor Massé
nous parlait de son art, sa verve était intarissable et
éblouissante : c'était l'entrain de la jeunesse la plus complètement douée et la mieux équilibrée. Il n'était pas possible d'entrer dans la vie avec plus de dons naturels et de
rayonnements. » Et dans le langage d'un peintre habitué
à prêter des formes et des couleurs même à ce qui est
immatériel, même à l'invisible, M. Cabanel ajoutait : « Son
esprit avait des éclats roses et clairs. »

Cette bonne grâce étincelante que le jeune pensionnaire
apportait dans ses rapports avec chacun, ces traits de lumière qui jaillissaient de ses lèvres, comme ils ressortaient
déjà des œuvres de son talent, tout cela avait son foyer
dans un cœur aussi ardemment affectueux qu'avide d'idéal.

Victor Massé chérissait sa mère avec la même tendresse
passionnée que l'art auquel il avait voué sa vie. C'était les
larmes aux yeux qu'il parlait d'elle, des courageux efforts
de la pauvre femme pour gagner par le travail de ses mains
le pain de chaque journée, lorsqu'elle et lui étaient venus
à Paris chercher dans les hasards du présent les moyens
de préparer l'avenir; mais ce qu'il négligeait d'ajouter,
c'est que dans ce temps d'embarras quotidiens et d'espérances encore lointaines, il avait résolument pris sa part des
luttes à soutenir contre la pauvreté. A peine entré au
Conservatoire, à peine âgé de douze ans, il s'était, en dehors des heures de classe, fait professeur à son tour et, bien
qu'aussi jeune, plus jeune souvent que ses élèves, il en
avait recruté, même parmi ses camarades d'école, auxquels
il donnait des leçons de piano et de solfège, en échange
d'une rémunération, bien modique cela va sans dire, dont
il augmentait le gain journalier que pouvait se procurer
sa mère. Une fois à Rome, il ne se crut pas davantage le
droit de ne songer qu'à lui. Par un art d'épargne dans la
dépense dont peu d'autres à sa place auraient eu le secret,
il trouvait moyen de prélever sur son maigre budget de
pensionnaire de quoi subvenir dans une certaine mesure
aux besoins de celle dont il était maintenant séparé. Bien
plus : un jour arriva où ses économies l'eurent rendu assez
riche pour lui permettre d'appeler sa mère à Rome et de
l'y garder pendant tout un mois auprès de lui.

Cependant le moment était venu pour Victor Massé de
retourner à Paris et d'aller y affronter, sinon des épreuves
semblables à celles qu'avait connues son enfance, au
moins les incertitudes, les longues difficultés peut-être

d'une existence encore à la merci des événements et des occasions. Tout heureusement se produisit vite et s'accomplit à souhait. Un recueil de mélodies écrites pour la plupart en Italie et publiées par Victor Massé, presque au lendemain de son retour, sous le titre de *Chants d'autrefois* lui valut une réputation aussi prompte que légitime dans les salons comme dans le monde des artistes, et, — faveur inespérée ! — la confiance de Scribe, qui ne craignit pas de s'associer ce débutant pour la musique d'un livret qu'il venait de terminer. Bien en prit à l'un et à l'autre. La représentation en 1850 de la *Chanteuse voilée* sur la scène de l'Opéra-Comique fut un grand succès pour tous deux. Dans le cours des deux années suivantes, les succès plus brillants encore de *Galathée* et des *Noces de Jeannette* popularisèrent, en même temps que le nom du jeune maître, les noms de ses nouveaux et désormais fidèles collaborateurs, MM. Jules Barbier et Michel Carré.

Ainsi, — sans compter la partition restée inédite d'un certain *Crispin en campagne*, — dans un laps de temps moindre que la durée de son séjour à Rome, en trois ans seulement, l'ex-pensionnaire de l'Académie de France avait composé et fait représenter trois opéras comiques d'un mérite assez incontestable déjà, d'une originalité mélodique assez franche, et, si l'on peut ainsi parler, d'une cordialité dans le sentiment et dans l'expression assez caractéristique, pour donner la mesure exacte de son talent. N'eût-il laissé que ces trois aimables ouvrages, Victor Massé aurait marqué sa place parmi les compositeurs qui ont le mieux traité un genre secondaire, si l'on veut, mais bien attrayant en soi et, en tous cas, bien national, car c'est dans

des œuvres de cet ordre que depuis Monsigny jusqu'à Boïel-
dieu et depuis Auber jusqu'à Reber, — pour ne parler que
des morts, — l'art français a surtout révélé ses aptitudes
et le plus habituellement prouvé sa valeur? Aujourd'hui
pourtant, sous prétexte d'hommage au progrès, il est assez
de mode d'afficher un certain dédain pour la musique
d'opéra comique, et même, — au risque d'ajouter à l'er-
reur l'apparence au moins de l'ingratitude, — pour les
maîtres qui y ont excellé. On oublie donc, ou l'on feint
d'oublier, que par les grâces naïves du style, par la jus-
tesse pénétrante du sentiment, quelques-uns d'entre eux,
se sont montrés, non pas les égaux, cela va sans dire,
mais les continuateurs à leur manière de leur compatriote
La Fontaine ; que d'autres, aussi spirituels dans leur langage que nos plus alertes conteurs, ont trouvé le secret
d'amuser l'imagination sans rien sacrifier de ce qui inté-
resse le goût ; que d'autres enfin, tout en paraissant ne
viser qu'à caresser les surfaces de l'intelligence, ont réussi
souvent à émouvoir le cœur.

Qu'importe au surplus chez les prétendus désabusés
de la musique de notre pays et de notre temps cette
affectation d'aspirations métaphysiques ou cette soif d'in-
novation à outrance? L'art dont la tradition s'est conti-
nuée en France pendant tout ce siècle n'en est pour cela
ni moins vivace à l'heure présente, ni, Dieu merci, moins
assuré du lendemain. On le rappelait naguère avec autant
de finesse que d'à-propos (1) : « Il y a depuis plus de cent
ans dans notre musique française un petit courant toujours

(1) M. Camille Bellaigue, *Revue des Deux-Mondes*, avril 1888.

discret, souvent caché ; l'on tâche bien de le tarir, on y
jette de grosses pierres ; mais le ruisseau, trop faible pour
emporter les obstacles, les tourne. Il passe par dessous
ou par derrière et reparaît un peu plus loin, toujours
clair, toujours chantant. »

C'est à ce petit ruisseau auquel certaines gens reprochent
assez inconsidérément de ne pas être un fleuve, c'est à ces
eaux fort peu tumultueuses, il est vrai, mais assurément pures
et fraîches, que font songer la sobriété transparente des
intentions et la limpidité du style dans les premières œuvres
de Victor Massé. Quoi de moins ambitieux, par exemple
et, en réalité, quoi de plus attachant que ce joli roman
musical intitulé *les Noces de Jeannette*, ou plutôt que ce
poème à deux fins, moitié comédie, moitié idylle, où les
joies bruyantes du cabaret ont pour écho les chants mouillés
de larmes de l'amour dédaigné ; où la peinture des mœurs
rustiques, si vivement accentuée qu'elle soit, n'exclut pas
l'expression attendrie des sentiments les plus intimes, des
plus secrètes inquiétudes du cœur? Près de mille repré-
sentations n'ont pas épuisé le succès de ce charmant
ouvrage. Il est resté aussi jeune que le premier jour, malgré
le demi-siècle, ou peu s'en faut, qui s'est écoulé depuis
lors ; il fleurit encore pour ainsi dire avec la même force
de vie et la même sève, comme ces arbustes d'essence pri-
vilégiée que rien ne peut dépouiller de leur parure éternel-
lement printanière et qui résistent, par la seule vertu de
leur nature, aux fatigues de l'âge et aux hivers.

La réputation du jeune maître déjà plus que préparée
par le succès de la *Chanteuse voilée* avait été d'ailleurs,
avant l'apparition des *Noces de Jeannette*, confirmée avec

éclat par celui d'un second ouvrage représenté sur la même
scène, mais d'un caractère différent. Ce n'était pas toutefois qu'en écrivant *Galathée*, Victor Massé eût entendu renouveler en quoi que ce fût le fond de sa foi esthétique.
Sauf la diversité des styles que comportaient forcément
les sujets, la comédie antique qu'il nous a laissée procède
des mêmes principes que la *Chanteuse voilée* et que la comédie villageoise qui allait suivre, du même besoin chez
lui de véracité avant tout, mais d'une véracité délicate et
comme aiguisée dans les termes. Le naturel dans l'art peut
en même temps être l'exquis ; l'expression musicale de la
douleur ou de la joie, de la mélancolie ou de la passion,
peut tantôt se raffiner jusqu'à l'extrême élégance, tantôt
s'élargir et s'exalter jusqu'au lyrisme, sans pour cela cesser
d'être vraie. Tout en interprétant la légende grecque dans
un langage conforme aux souvenirs et aux exemples qu'une
pareille donnée imposait, tout en écrivant, entre autres
morceaux empreints d'un sentiment de l'antiquité sculp-
tural en quelque sorte, — l'« Invocation à Vénus » et le
chœur qui s'y encadre ou cette phrase inspirée de haut
« Aimons, il faut aimer ! » — l'auteur de *Galathée* a observé
avec une rare sagacité la mesure entre les conditions ar-
chaïques de sa tâche et les droits de sa propre imagination.
Il a produit une œuvre vraisemblable sur un thème fabu-
leux : comme, toute proportion gardée, Molière avait su
dans *Amphytrion* humaniser, à force de bonne humeur et
de bonne grâce, des personnages mythologiques ou, —
pour évoquer des souvenirs plus près de nous, — comme
les deux maîtres qui nous donnaient il y a trente ans, l'un
Psyché, l'autre *Philémon et Baucis*, ont trouvé le secret

d'assouplir par le charme de l'expression la majesté de
l'idéal antique et d'en approprier l'image aux exigences de
l'esprit moderne.

J'ai insisté sur les premières productions de Victor
Massé, non seulement parce qu'elles sont restées les plus
populaires de toutes celles auxquelles il a attaché son nom,
mais parce qu'elles résument avec une netteté particulière
sa poétique même et les caractères distinctifs de son talent.
Combien d'autres toutefois, parmi les ouvrages qu'il fit
paraître ensuite, se recommanderaient à nos souvenirs et
mériteraient d'être hautement loués, — cette belle partition des *Saisons* par exemple, empreinte d'un bout à l'autre
d'un sentiment si pittoresque de la nature et, par moments,
d'une émotion si saine, ou cette *Fior d'Aliza* dont certaines
parties, de l'aveu même des meilleurs juges, offrent des
beautés de premier ordre! D'où vient pourtant que, à
l'exception de *La reine Topaze* qui réussit brillamment, les
neuf ouvrages de Victor Massé représentés de 1854 à 1867
sur les scènes de l'Opéra-Comique, du Théâtre-Lyrique
et de l'Opéra, n'aient renouvelé qu'incomplètement les
succès précédemment obtenus? La faute en fut-elle aux
interprètes, aux auteurs des livrets, ou au public lui-
même qui peut quelquefois avoir ses caprices, sans que
l'artiste dont il incline à se détacher ait eu en réalité ses
faiblesses? Toujours est-il que la faveur universelle dont
Victor Massé avait été l'objet au début ne laissa pas, pendant cette seconde période, de se détourner un peu de lui.
Il fallut que neuf autres années s'écoulassent avant qu'avec
Paul et Virginie il rentrât en pleine possession, non pas de
son talent qui ne lui avait jamais fait défaut, mais du cré-

dit qu'on lui avait reconnu avec tant d'empressement à l'origine.

Vous n'aviez pas attendu, Messieurs, ce retour de l'opinion pour rendre à Victor Massé la justice qu'il méritait. En l'appelant à occuper parmi vous la place que la mort d'Auber venait de laisser vacante, vous donniez pour successeur au plus illustre compositeur français de l'époque celui qui, en dehors des membres de votre compagnie, personnifiait le mieux l'art national et en continuait le plus franchement les traditions. Et, de plus, vous consoliez par ce témoignage éclatant de votre estime, un artiste dont les déceptions récemment subies n'avaient pas, il est vrai, ébranlé le courage, mais dont elles avaient amèrement surpris et attristé le cœur. A un certain moment même, son chagrin avait été si vif et son parti pris de s'isoler du monde pour se réfugier sans arrière-pensée dans l'étude si absolu, qu'il écrivait à l'un de ses plus chers amis, du village où il était allé se cacher, aux environs de Paris : « Je me suis fait ermite... Venez me voir; mais ne donnez mon adresse ni à l'écho, ni à votre ombre. »

L' « ermite » cependant avait une famille dont les fruits de son travail personnel constituaient les seules ressources. Marié jeune, il était le père de deux filles qu'il aimait, — c'est tout dire, — comme il avait aimé sa mère, et qui devaient d'ailleurs lui rendre plus tard en tendres soins, en dévouement de chaque jour ou plutôt de chaque minute tout ce qu'elles avaient reçu de lui dans leur enfance. Comment dès lors persévérer dans des projets de retraite au moins compromettants pour des intérêts aussi chers? Victor Massé y renonça vite, si vite même et

si bien que par un sentiment presque excessif de ses de-
voirs envers les êtres bien-aimés qui l'entouraient, il se
crut obligé, pour assurer leur indépendance, de sacrifier
en grande partie la sienne. Déjà, en 1862, il avait accepté
la place de chef des chœurs à l'Opéra, avec les tâches fas-
tidieuses et les fatigues qu'une pareille situation comporte.
Depuis qu'il s'était décidé à la remplir, il avait apporté
dans l'exercice de ses fonctions un zèle et une abnégation
d'autant plus méritoires qu'il se trouvait ainsi servir par
état la cause de ses rivaux, quelquefois même celle d'un
art peu conforme à ses propres inclinations ou à ses
doctrines : témoin le jour où il se vit chargé de diriger les
études du *Tannhauser*. Certes, on le croira sans peine,
c'était là une besogne que par goût il n'aurait pas choisie ;
mais, une fois appelé à l'entreprendre, il s'y appliqua et la
poursuivit jusqu'au bout si loyalement que, par une singu-
lière exception à ses coutumes, l'auteur du *Tannhauser*
lui-même consentit à reconnaître le prix des efforts tentés
en sa faveur. Dans un accès d'équité insolite, il écrivit à
Victor Massé pour le lui dire.

Encore n'y avait-il que demi-mal dans les occupations
de Victor Massé à l'Opéra. Sans doute elles le forçaient à
dépenser obscurément bien des heures qu'il eût pu employer au profit de sa réputation personnelle et de son
talent, mais du moins elles ne le condamnaient pas à une
pratique toute matérielle, elles ne le désintéressaient pas
de l'art proprement dit. D'ailleurs, si secondaire qu'elle
fût ou qu'elle parût être, cette place de chef des chœurs,
deux compositeurs éminents, Hérold et Halevy, n'avaient
pas dédaigné de la remplir avant lui : quoi de plus naturel

lui, de céder à un théâtre de Saint-Pétersbourg un ouvrage
destiné d'abord à l'un des théâtres de Paris et sur lequel
il avait fondé ses plus chères espérances : espérances plus
d'une fois trompées déjà, réservées à bien des déceptions
encore, jusqu'au jour où, enfin mis en lumière, l'ouvrage
dont il s'agit vengea si complètement le maître de sa longue
attente et de ses déconvenues passées : je veux parler de
Paul et Virginie, représenté vers la fin de 1876 au Théâtre-
Lyrique et accueilli par tous avec les applaudissements que
l'on sait. Ce fut là le dernier succès de Victor Massé et
aussi le plus vif peut-être que la foule lui ait jamais fait, en
tout cas, dans l'opinion des experts, un succès à tous égards
bien mérité.

Lorsque l'auteur de *Paul et Virginie* recouvrait ainsi par
un coup d'éclat son ancienne faveur auprès du public, il
y avait près de dix ans qu'il semblait s'abstenir de toute
tentative pour rajeunir la célébrité acquise à son nom, de
toute pensée même d'aborder de nouveau la scène. Et pourtant, malgré tant d'empêchements matériels, malgré tant de
tâches auxquelles il se sacrifiait et qui ne lui laissaient guère
plus de repos d'esprit qu'elles ne lui permettaient de loisir,
Victor Massé n'avait pas cessé de préparer la revanche
qu'il s'était promis de prendre un jour ou l'autre au
théâtre. Il avait travaillé dans l'ombre, mais il avait travaillé
avec d'autant plus d'acharnement et de conscience qu'il
sentait mieux l'intérêt de la partie qu'il s'agissait pour lui
de gagner. Aussi, même après que son œuvre eut été écrite
d'un bout à l'autre, avec quelle sollicitude il continuait de
s'y consacrer, de l'étudier, de la polir? Quels soins ne pre-
nait-il pas pour en perfectionner les détails, accentuant ici

telle intention qui eût pu paraître incertaine, là épurant
encore la chaste expression de l'amour qui s'ignore ou de
la douleur qui se réfugie en Dieu; partout s'appliquant à
n'employer que des formes en correspondance exacte avec
les sentiments qu'elles doivent traduire et, comme La
Bruyère le prescrit dans l'ordre littéraire, cherchant à découvrir à tout prix ce mot propre, ce mot unique qui com-
muniquera sans équivoque à autrui l'émotion que l'âme de
l'artiste a éprouvée ou l'idée que son esprit a conçue!

Veut-on un exemple, entre bien d'autres, des scrupules
de Victor Massé en pareil cas? A l'époque où il travaillait
au troisième acte de *Paul et Virginie*, il crut devoir, pour
s'animer à la peinture d'une tempête, s'en donner le spec-
tacle direct et d'abord s'initier sur place au secret des phé-
nomènes dont il aurait ensuite à rendre les effets. A la première nouvelle d'un ouragan sur les côtes de Normandie,
le voilà parti un soir en plein hiver et, le lendemain, passant
de longues heures, par un vent glacial et sous la pluie, à
noter les bruits de la mer en fureur, ou, comme il le disait
au retour, à se convaincre que « la tempête a un rythme à
elle et le tumulte des flots une cadence nettement percep-
tible ». Était-ce donc que, pour nous donner l'impression
du vrai, Victor Massé jugeât suffisant de le transcrire, de
le décalquer en quelque sorte? Loin de là : au lieu de s'en
tenir à la lettre et aux apparences, il ne renonçait pas,
tant s'en faut, au droit de les interpréter. Qu'il eût, dans
certaines parties de *Paul et Virginie* comme autrefois dans
les *Saisons*, à dépeindre les choses de la nature, dans d'autres les passions du cœur, c'était avec la même sincérité sans
doute, mais aussi avec la même indépendance de sentiment

qu'il procédait. De là le caractère bien personnel de ses œuvres et, tout spécialement, de celle où, renouvelant une entreprise infructueusement tentée avant lui par d'autres musiciens, il a réussi à commenter sans en affaiblir le sens l'incomparable chef-d'œuvre de Bernardin de Saint-Pierre.

Victor Massé n'a pu assister que de loin à son dernier triomphe. Atteint déjà, à l'époque où commençaient les répétitions de *Paul et Virginie*, du mal implacable qui allait bientôt achever de paralyser son corps, il s'était traîné plus péniblement de jour en jour à ce théâtre, où il ne devait plus reparaître à l'heure du succès public ; et là, à demi enseveli dans des couvertures, immobile, brisé par la douleur physique, mais malgré tout maître de lui, il avait du fond d'un fauteuil dirigé assidument des études dont il n'était parvenu à atteindre le terme qu'en épuisant le reste de ses forces.

A partir de ce moment, il ne lui fut plus possible de sortir de sa chambre, de son lit même. Pendant six ans sa vie ne fut plus qu'une succession de souffrances, de jours cruels sans espoir d'un meilleur lendemain ; pendant six ans Victor Massé subit sur ce lit de torture son destin de victime, sans murmure comme sans illusion. Qui de nous, Messieurs, ne se le rappelle, ne le revoit, gardant malgré tout sur les lèvres ce bon sourire qui traduisait si bien la mansuétude obstinée de son cœur, dans l'esprit cet amour passionné de son art, cette soif de travail aussi ardente qu'au temps de la santé et de la jeunesse ? « Ma vie est bien limitée maintenant, écrivait-il un jour ; si je ne compte pas avec les minutes, je n'arriverai à rien. Et, pour « arriver » à quelque chose, le courageux artiste profitait

du plus court intervalle, du moindre moment de relâche
que lui laissaient ses maux habituels. Au moyen d'un
petit piano portatif que l'on plaçait auprès de son lit et
sur lequel il essayait les accords qu'il venait d'imaginer, il
arrivait peu à peu à combiner les éléments d'un grand
ouvrage, *Une Nuit de Cléopâtre*, qui ne devait être représenté qu'après sa mort, mais qu'il eut du moins la conso-
lation d'avoir pu mener à fin et de laisser « tout prêt »,
comme il le disait avec l'accent d'un homme dont l'achè-
vement de la tâche entreprise a mis ici-bas la conscience
en paix et qui, de ce côté du moins, n'a plus rien à re-
gretter pour lui-même.

Victor Massé s'éteignit à soixante-deux ans, usé par la
maladie comme il aurait pu l'être si sa vie se fût prolon-
gée jusqu'à l'extrême vieillesse, mais en réalité aussi jeune
qu'à vingt ans par la candeur du caractère, par la fraîcheur
des sentiments et des idées. Il avait recommandé que, suivant l'usage consacré dans les cimetières de son pays natal,
un rosier couvrît de ses rameaux et parât de ses fleurs la
terre où il dormirait. Son vœu, est-il besoin de le dire? a
été pieusement rempli, et, de plus, la main de celui de nos
confrères à qui Victor Massé avait d'avance confié le soin
d'élever son tombeau, la main amie de M. Charles Garnier,
a figuré avec un touchant à-propos des roses sur le monument dédié à cette douce mémoire. N'étaient-ce pas là en
effet les emblèmes qui lui convenaient le mieux, et comme
les armes parlantes de ce talent si plein de sève dans sa
grâce et de charme dans son éclat?

Paris. — Typographie de Firmin-Didot et Cᵉ, imprimeurs de l'Institut, rue Jacob, 56. — 2321.